WRECK-IT RALPH 2
RALPH BREAKS THE INTERNET

新雅文化事業有限公司
www.sunya.com.hk

破壞王和雲妮露是最好的朋友，無論做什麼事總是在一起！破壞王是電動遊戲《閃電手阿修》中的反派角色，而雲妮露則是《甜蜜大冒險》中最好的賽車手。

每天利維遊戲機中心關門後，破壞王和雲妮露都會在遊戲中轉站見面，這裏是連接所有遊戲機的中心。每天晚上，他們一起聊天、玩遊戲、講冷笑話、喝汽水，直至看到第二天的日出才結束。他們生活得非常美滿。

可是，有一天，一個新插件的警告出現了。

這個插件稱為「WIFI」，用來連接互聯網。

「不要小看互聯網！它是嶄新、與眾不同的東西。」電源護衞員說，「所以，我們應該提防它，遠離它！」

大家都不准進入互聯網，雲妮露感到很失望。她對破壞王說：「互聯網裏的賽車遊戲肯定很精彩。」她雖然喜歡《甜蜜大冒險》，但這個遊戲對她來說已經沒有什麼挑戰了。

這時，破壞王有一個新主意。

WIFI

破壞王跑進《甜蜜大冒險》，為他的朋友打出一條新跑道。「她一定會喜歡的！」

雲妮露確實很喜歡，但遊戲的玩家史娃蒂在玩遊戲時，以為雲妮露的車出了跑道，她大力地轉動方向盤，以致方向盤「啪」的一聲在她手中折斷了！

在遊戲裏，雲妮露失去控制而撞車了。

啊，糟糕！真對不起！你沒事吧？

啊，我的天，實在太好玩！這條跑道好極了！謝謝你，謝謝，謝謝！

利維先生嘗試把方向盤放回去，但它已裂成了兩半，而且也訂不到新的方向盤了。利維先生說：「《甜蜜大冒險》的製造商已在多年前結業了。」

這時，史娃蒂用手機在網上搜尋其他解決方法。

找到了！利維先生，請看看，我在 eBay 找到一個方向盤。

它的售價高於這個遊戲一年裏所賺到的錢呢！我不想這樣說，但可能是時候要把《甜蜜大冒險》遊戲機當作廢鐵賣掉了。

破壞王拉起警報。他大叫：「利維先生要拔掉你們遊戲機的電源！」

《甜蜜大冒險》的角色都儘快逃到遊戲中轉站。「大家留在這裏，直到遊戲機中心關門。」電源護衛員說，「然後我們會想辦法安置你們的。」

破壞王把雲妮露接到《閃電手阿修》，盡他所能安慰她，但雲妮露感到很迷惘。她說：「如果我不再是賽車手，那麼我又是誰呢？」

這個時候，阿修和卡爾安正忙着為《甜蜜大冒險》其他的角色找新家，最後只剩下幾名賽車手。卡爾安很同情他們，說：「我和阿修會給他們一個家。」

電源護衛員提醒這對夫婦，說他們未有足夠的能力照顧孩子。他們基本上是一羣淘氣鬼。」他說。

阿修和卡爾安並不擔心。「帶孩子有什麼困難？」阿修回答。

當晚，破壞王和阿修出去喝汽水。破壞王忽然記起，他曾聽史娃蒂說她在 eBay 上找到《甜蜜大冒險》的方向盤。

破壞王想，只要把《甜蜜大冒險》修好，雲妮露就會再次開心起來，而住在阿修公寓的賽車手也可以回家了。

破壞王跑去找雲妮露。「我們現在就去互聯網！」他說。

雲妮露興奮極了！兩人向着遊戲中轉站跑去。

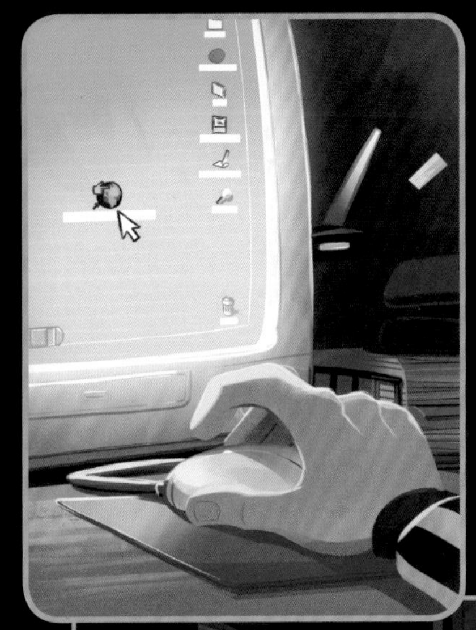

破壞王和雲妮露悄悄地在電源護衛員的身邊溜過，然後走進 WIFI 的插頭。第一站是一個大空間——路由器。

可是，雲妮露以為他們已進入了互聯網。「坦白說，我覺得沒有什麼特別。」她說。

這時候，利維先生正好登入互聯網，他的虛擬化身出現了，在路由器裏飄來飄去。

啊！那裏有隻小妖精！快躲開！

它看起來很像迷你版的利維先生。

「破壞王，快！」雲妮露盯着利維先生的虛擬化身説，「我們跟着它！」

他們兩人向前走，馬上被一個如膠囊般的東西包圍着，並進入互聯網。

「破壞王，是不是很好玩呢？」雲妮露問。

「不，一點也不好玩！」破壞王大叫。

雲妮露和破壞王在互聯網的正中央被放下來了。這個地方真大！他們需要得到幫助，才能找到 eBay。

搜尋引擎知多啲先生非常友善，他很樂意幫忙。當他知道要搜尋的東西是什麼，不到一秒鐘便找到了《甜蜜大冒險》的方向盤。

雲妮露和破壞王坐在運輸器裏，一下子便被送到 eBay 廣場。那是一個繁忙的地方，有很多虛擬化身和彈出式廣告，但他們沒時間到處看。如果想得到方向盤，就必須要趕快走！

玩遊戲，
就能賺錢！
按此進入
LEETStreet
SOME LIKE IT FAST
RAPID SPEED INTERNET

雲妮露和破壞王趕到拍賣場時，拍賣時間只剩下三十秒。

「二百七十五！」拍賣人説，「有沒有出價三百的？」

「三百！」破壞王大喊。

他和雲妮露以為只要喊出最大的數目，便可以贏得拍賣品。不久，叫價已高得連第一位的競投者也放棄了。可是，破壞王和雲妮露仍然繼續，直到……

「成交！」拍賣人説，「二萬七千零一！」

這對好朋友非常高興，直到他們發現售價是 $27,001 ！如果他們無法在二十四小時之內付款，就會失去那個方向盤。

不久前，破壞王和雲妮露見過一個拿着彈出式廣告牌的人，他們回到那個地方找他。那個人叫 JP 史濫信，他和拍檔阿葛給他們看一張電子遊戲物件的清單，說只要找到這些物件，就可以賺錢了。

《撕殺賽車》中有一件東西，價錢高於他們所需要的數目。這件物件的擁有者是煞姬，她是這遊戲中最強的賽車手。

「你們唯一要做的，就是把煞姬的跑車交給我。」JP 史濫信說。

破壞王和雲妮露去到《撕殺賽車》後，看見兩名玩家的虛擬化身正嘗試偷車，卻被煞姬和她的隊友撞出局了！

破壞王想到一個辦法。他分散了煞姬的注意力，讓她不專注於駕駛。雲妮露趁着機會，趕快跳進車裏，踩着油門衝出去。破壞王趕快地爬到她旁邊的座位。

可是，煞姬並不輕易放棄，她上了另一輛車，在他們後面追趕着！

破壞王和雲妮露駕着煞姬的車離開，但在他們逃出遊戲之前，就被煞姬攔住了。

破壞王向她解釋，說偷車是為了拯救《甜蜜大冒險》。突然，煞姬的一個隊友舉起吹葉機向破壞王噴射，另一個隊友則把過程錄影起來！

煞姬說在 BuzzzTube 上傳這類瘋狂的影片是可以賺錢的。她的朋友 Yes 小姐是那裏的負責人。「你跟她說，是我介紹的。」

他們離開的時候，煞姬稱讚雲妮露：「日後如果你想回來再跟我比賽，我很樂意再贏你一次！」

SLAUGHTER RACE

當他們一走出《撕殺賽車》，雲妮露便興奮地跳來跳去。她不但喜歡那個賽車遊戲，也喜歡煞姬。「她很有型！她駕車的樣子很有型！她的跑車很有型！」

可是，破壞王並不信任煞姬。

這時，有個即時通訊員彈出來了。「在此通知一聲，你的競投項目將於八小時後作廢。」

「e 仔，謝謝。」破壞王說。

雲妮露說服破壞王，想要賺到足夠的錢來買方向盤，最好的辦法就是去 BuzzzTube 找 Yes 小姐。雖然破壞王不太情願，但還是同意了。

到了 BuzzzTube，破壞王用力推開 Yes 小姐辦公室的門。「你就是表演部的主管？」他問。

Yes 小姐解釋自己是演算部的主管，也是負責 BuzzzTube 所有內容的館長。「叫保安！」她說。

不過，她隨即改變主意，因為助理告訴她，破壞王的吹葉機影片取得了一百三十萬顆心。

「好吧，破壞王，你的點擊率很高！這些是給你的！」Yes 小姐送了很多顆心給他。

我並不是看不起這些心，只是煞姬告訴我們，發布熱門影片是可以賺錢的……

啊，親愛的，這些心就是錢！

不過，破壞王的影片受歡迎程度已逐漸下降。破壞王告訴 Yes 小姐，他們需要 $27,001 才能在 eBay 買到方向盤。Yes 小姐說他們必須把更多破壞王的影片上傳到 BuzzzTube，才能達到目標。

Yes 小姐出動了 BuzzzTube 的彈出式廣告，散布整個互聯網，盡可能為破壞王爭取更多的心。雲妮露自願協助他們，她向 Yes 小姐證明她是可以很堅持的。雲妮露跳進一輛豪華轎車，被送到一個特別受歡迎的網站……

這個網站就是 OhMyDisney.com。

網站裏有很多瀏覽者都喜歡點擊雲妮露的彈出式廣告。

可是，雲妮露沒有停留許可證，只好東藏西躲，以免被逮到。她利用「跳格」，穿過一道上了鎖的門，發現自己面對着一羣迪士尼公主的虛擬化身！

雲妮露告訴她們，她也是公主——《甜蜜大冒險》的公主。這些公主非常喜歡雲妮露的便服打扮。沒多久，她們全部都像她一樣，穿着舒適的便服！

「便服女王——雲妮露公主萬歲！」灰姑娘說。

這時候，破壞王在 BuzzzTube 只需要再多一段熱門影片，就可以得到最後一筆錢來購買方向盤了。當 Yes 小姐上載最後一段影片的檔案時，遇到了阻滯。與此同時，破壞王走進一個房間，裏面有數以千計的用户留言。破壞王以為所有人都喜歡他，但他發現事實並非如此。有些用户很討厭他呢！

破壞王聳聳肩，表示不在乎。「沒關係！」他對 Yes 小姐說，「只要雲妮露喜歡我就夠了，我不需要其他人。」

破壞王最後一段影片上載完，很快又轟動一時！現在他們已有足夠的錢來修好《甜蜜大冒險》了。

just a worthless bum...
alone on a pile of bricks.
blech.
whaaat tha
blech.
do. not. want. like ever.
i need an adult right now.
all the heartz
this is the premium content i came for

在回 eBay 的路上，破壞王打電話給雲妮露，說他準備去拿取方向盤，然後他們就可以回家了！

雲妮露掛斷電話後，發現自己並不願意離開互聯網。《撕殺賽車》對她有一種吸引力，它是新鮮、刺激和變化莫測的。雲妮露太喜歡這個遊戲了，不禁唱起歌來。

同一個時間，破壞王正因為自己在 eBay 買到方向盤而歡呼。《甜蜜大冒險》獲救了！

破壞王離開 eBay 時，用一個叫做 BuzzzFace 的應用程式聯絡雲妮露。她的電話一震動，便從汽車儀表板掉到座椅上，然後打開了。破壞王看見她和《撕殺賽車》的煞姬在一起。

不過，破壞王按了靜音，所以雲妮露並不知道他在電話的另一端。

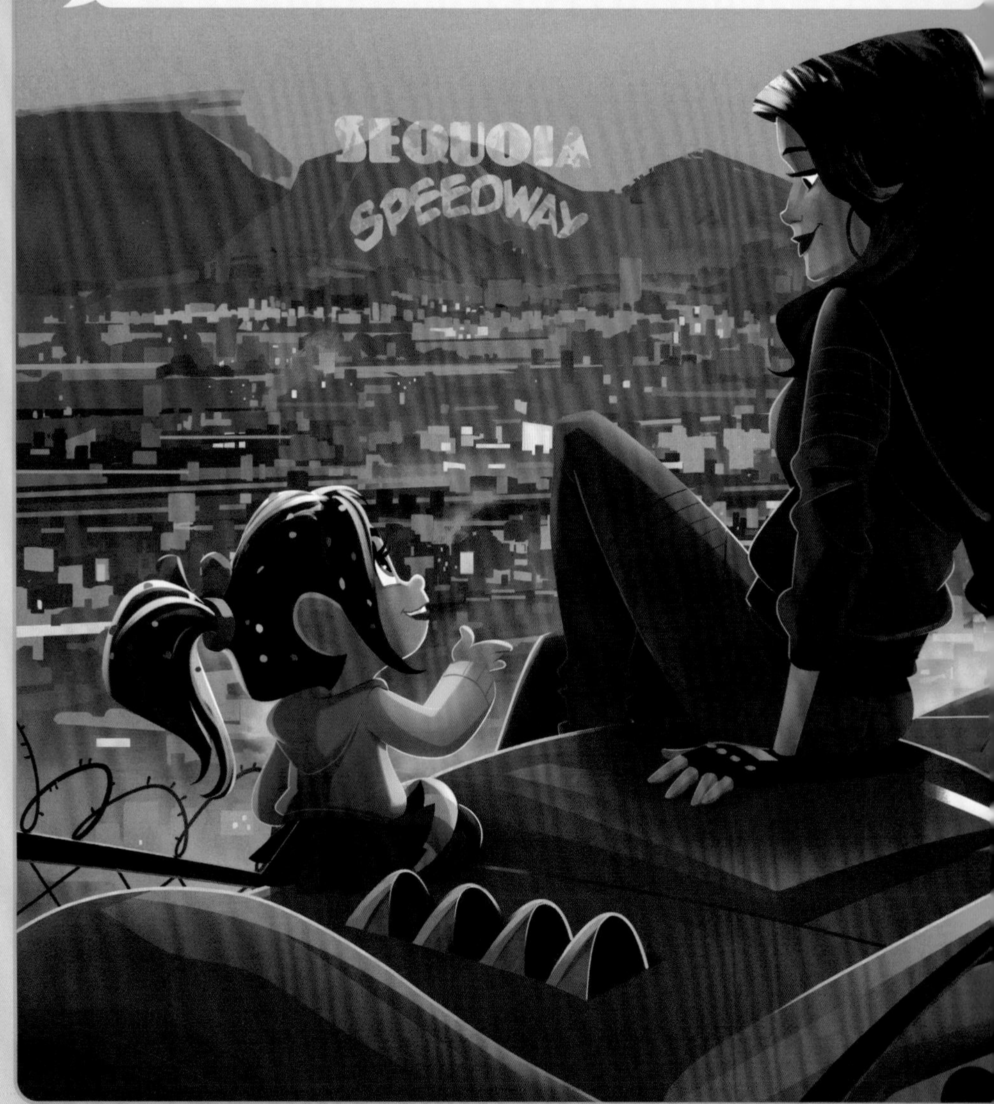

他專心地聽雲妮露和煞姬說話，然後聽見雲妮露告訴煞姬她太喜歡《撕殺賽車》了，所以不打算回去《甜蜜大冒險》。

破壞王大受打擊。

JP 史濫信在破壞王身邊，聽見雲妮露所說的一切。他想到一個辦法，假如破壞王可以使《撕殺賽車》慢下來，雲妮露不就會失去興趣了嗎？

JP 史濫信帶破壞王去見阿葛的表哥大件頭。大件頭懂得怎樣製造一種可以使遊戲慢下來的病毒。

這個名為「阿瑟」的病毒就在盒子裏。大件頭給破壞王看，並警告他說：「只需確定病毒留在《撕殺賽車》裏，就不會有問題。」

破壞王放出病毒時，雲妮露正在進行一場賽事。病毒立刻行動，掃描《撕殺賽車》裏的一切，尋找弱點。當雲妮露跳格時，病毒複製了這個錯誤，把它散播到整個遊戲裏！

檢測到不安全的內容

遊戲噼里啪啦地不停扭動，《撕殺賽車》的建築物開始崩塌。煞姬跟雲妮露説他們必須離開。

「我想是我的跳格造成的。我也不知道是怎樣發生！」雲妮露説。她嘗試轉彎閃避，但她的車還是被一根塌下來的柱子壓住了。

破壞王看見網站的碎片在他四周墜落，感到震驚不已，但他擔心的只是雲妮露。他知道因為雲妮露不在《撕殺賽車》的編碼裏，遊戲一旦毀壞，她將會永遠消失。

破壞王在遊戲的防火牆上打了一個洞，把雲妮露從壓壞了的車中拉出來，抱着她穿過洞口，然後把她放在遊戲外面的行人道上。「雲妮露，快醒過來！」他說，「我不能沒有你！」

You're my hero

雲妮露的眼睛終於張開了，她因為遊戲毀壞而感到自責。

不過，破壞王承認是他散播病毒。

「是你造成的？」她問。雲妮露非常憤怒！她把自己為破壞王製作的獎牌扔到舊網絡去。

「你做出這樣的事，難道我還會想繼續和你在一起嗎？」雲妮露說完，便轉身跑開了。

他們都沒有發現病毒已悄悄地從破壞王所造成的洞裏走出來。它開始掃描附近一帶，然後對準了破壞王。

檢測到不安全的內容，它正在擴散中。

破壞王在舊網絡裏，四處尋找他的獎牌。「你真是個笨蛋！」他對自己說。他找到獎牌時，發現它已裂成兩半了。

破壞王聽見後面傳來一聲巨響，他一轉身，就看見一個很熟悉的身影站在旁邊。

「啊！不好了！」破壞王說，「我做了什麼事？」

同一時間，雲妮露去到知多啲先生那裏，他很高興見到她。「有很多破壞王追着我！」她説。

「嘩，真有趣！」他回答。

當複製人逼近時，知多啲先生和雲妮露一起拉下搜尋欄的鐵閘。

就在這個時候，真正的破壞王從門口衝進來。「你做了什麼？」雲妮露問。

知多啲先生解釋，破壞王的複製人是由一個不安全的病毒所產生，只要他們把複製人引到防毒區，安全軟件一定能夠把它們全部刪除。

雲妮露知道如果那些複製人看見她，必定會窮追不捨。現在，她只需要一個駕車的朋友。

Yes 小姐開着她的轎車來到了。雲妮露從車頂的窗口伸出頭來，對着複製人大喊：「是我，全世界中你最好的朋友，你不能沒有我！」

焦急的複製人向着雲妮露衝過去，撞向轎車，令轎車衝破摩天大樓的窗！各人都安然無恙——但只是暫時。

接着，數以萬計的複製人聚在一起，形成了一個巨型的複製破壞王。他怒氣沖沖地透過破牆看着他們。

巨型的複製破壞王一手抓起雲妮露，爬到摩天大樓的頂層。雲妮露從複製人的魔掌中逃脫了，但複製人隨即捉住破壞王，並開始用力地捏着他。

雲妮露懇求複製人：「放開他！我會永遠做你的朋友！」

可是，破壞王反對。他叫複製人不要阻礙雲妮露追尋自己的夢想。「你會感到有點難過，但你必須放手。」然後他轉向雲妮露說：「我們依然是最好的朋友，對嗎？」

「當然。」雲妮露說，「一向如是。」

破壞王微笑，他感到心裏的不安減少了，而且逐漸消失。突然之間，複製人也開始消失。互聯網獲救了！

無論如何，在這一刻，破壞王和雲妮露已準備好說再見了。《撕殺賽車》重新回到網上，煞姬在遊戲裏加了雲妮露的代碼，使她有再生的能力。

破壞王把裂開的半邊英雄獎牌交給雲妮露。他說：「現在我們可以一人一半了。」

雲妮露緊緊地擁抱她的好友。「我很愛你！我會很想念你的！」

破壞王依依不捨地歎了一口氣，說：「我也會想念你的。」

回到遊戲機中心後，破壞王發現最奇怪的事並不是《甜蜜大冒險》缺少了雲妮露，而是那幾個賽車手不再那麼討厭對方了。還有，連阿修和卡爾安，也因為有帶孩子的經驗而變得不一樣了。

帶孩子的秘訣很簡單，你只需要……

轟……轟！

看！已變成完美的孩子！

破壞王和雲妮露仍然是最好的朋友。即使沒有每天在一起，他們也會經常用 BuzzzFace 保持聯絡。雲妮露成為了《撕殺賽車》頂尖的賽車手，而破壞王也很高興能回到《閃電手阿修》做他的反派角色。

電影番外篇
走進互聯網
你想知道更多破壞王和雲妮露在互聯網發生的事嗎？請翻到下一頁。

破壞王並不是壞人，搞破壞只是他在電子遊戲裏的工作。壞王的好朋友雲妮露很了解他，知道他是個心地善良的英雄。

可是，破壞王不小心導致了一場意外，弄壞了雲妮露的遊《甜蜜大冒險》的方向盤。為了彌補過失，他到 eBay 購買新的向盤，那家店就在互聯網裏。不過，他也不知道互聯網是什麼。

「嘩！」他們一踏入主要的互聯網樞紐，破壞王便發出一讚歎。

「互聯網……很大呢！」雲妮露一邊高呼，一邊在扶手電上蹦蹦跳跳地往下走。

「等等我！」破壞王大叫，「哎呀！」

破壞王猶如一塊大石，從電梯上滾下來。一個虛擬化身被他壓扁了，化成一堆二進制代碼，然後消失了。

這時，該名虛擬化身的用户看見電腦熒幕上彈出了一個發生錯誤的信息。「又斷線了？」那個男孩自言自語。

「走快點！」雲妮露對破壞王說，「時間無多了！」

他站起來，拍拍身上的灰塵，然後兩人一起走到互聯網的街道上。

「朋友，不用擔心！」破壞王說，「我們一定會找到……啊，是曲奇！」

破壞王東張西望，過多的資訊令他目不暇給。

「你們在找什麼嗎？」詢問處有一名網民，問破壞王和雲妮露。「沒有人比知多啲先生知道更多了。」

「他是誰？」破壞王問。

「知多啲先生……」這個網民說，「就是我！」

MORE

破壞王和雲妮露獲得知多啲先生的幫助，很快便坐上了一個運輸器，在資訊高速公路上飛馳。

「看看這些東西！」破壞王驚歎。

「我們不是來觀光的。」雲妮露一邊說，一邊環顧四周。

「說得對。哪裏才是 eBoy 呢？」破壞王問。

「eBay！」雲妮露糾正他。

「我就是這麼說的。」

轉了一個急彎後，運輸器因改道而繞到 404 號高速公路，然後越走越慢，最後完全停下來。

破壞王看見前面有網民舉着牌，上面是個旋轉的七彩球。他說：「附近一定有沙灘。」

「才不是呢！」雲妮露說，「我想我們被阻止前進了！」

AUTION

雲妮露跳出運輸器，沿着行人道跑，破壞王在後面跟着。

「我是你的話，一定不會離開運輸器。」有一名網民說。「互聯網是一個非常——啊，看那邊——讓人分心的地方。」

「對你來說，大概是吧。」破壞王自信地說，「但我不同，我最大的特點，就是具有出色的專注力。」

「是嗎？我以為你的特點是笨頭笨腦。」雲妮露說。

「很有趣，小妹妹，等會兒記得提醒我笑。」

這時候，在《閃電手阿修》裏，好人大廈的住客正面對着一個大難題：破壞王不在，他們的遊戲需要一個壞人！大家都很擔憂，連阿修的太太——冷酷的卡爾安隊長，也坐立不安。

「我的女神，不用擔心。」阿修說，「破壞王會在星期五回來，在他回來之前，我們會找到一個代替他的人。」

「為什麼是星期五？」卡爾安隊長問。

「因為利維先生準備在那天搬走《甜蜜大冒險》的遊戲機。」占叔說。

好人大廈的住客到處尋找適合代替破壞王的人選。
占叔在他們的大廈貼了海報。
阿修在啤酒佬的店裏貼了海報。

　　瑪麗分散了電源護衛員的注意力，讓阿洛可以在遊戲中轉站貼海報。

　　好人大廈的榮譽住客卡爾安隊長甚至在《英雄使命》貼了一張海報，但她的大部分隊友都寧願打太空蟲和繼續擔任好人的角色。

奸角互助會

　　後來，阿修靈機一觸。尋找壞人的最佳地點，說不定就在本地的奸角互助會。

　　阿修走進他們聚會的房間，看見各式各樣的反派人物。可是，要找一個能夠代替破壞王的角色並不容易……不是只懂得破壞就可以。

在互聯網裏，破壞王繞道走進了一座大樓。「喂！」雲妮露說，「我們沒時間進去裏面！」

不過，破壞王沒有留意她的話。他的身邊有許多虛擬化身，他們正愉快地推着購物車，裏面的商品應有盡有。其中一名網民正準備把椅子放入虛擬化身的購物車裏。「不好意思，」破壞王對他說，「請問方向盤在哪一條走道上？」

突然，虛擬化身面無表情，拿着椅子的網民看到這情況後，皺了一下眉，然後把椅子放回貨架上。

「怎麼了？」破壞王問。

網民解釋用户有時會在完成購買程序前，忽然決定去另一個網站。

「丟下所有東西就走？」破壞王問。

網民點點頭。

就在這時候，破壞王看見雲妮露從一道門跑出去。

「喂，等等我！」破壞王説。

他跟着雲妮露衝出門口，但她已不知所終。「你在哪裏？」他大聲叫。

不過，一看見 Instagram 博物館，破壞王便很清楚雲妮露去了哪裏。她就在正前方，因為博物館的牆上有個《甜蜜大冒險》的巨型廣告牌。

SUGAR RUSH
Speedway

在好人大廈裏，是時候要選拔反派角色了。阿修和占叔站在台上觀看了人羣，這些壞人都是來自遊戲機中心裏的各個遊戲。

甚至，有幾個好人也來參加選拔。

「今天很高興見到你們。」阿修說，「在開始之前，占叔有幾項細節要交代。」

占叔走到阿修的前面，對大家說：「沒有獎牌，沒有積分，也沒有工傷賠償。」

「不過，你們會得到做好事……我是指做壞事的滿足感。」阿修插嘴說：「還有瑪麗著名的餡餅！」

「沒錯，」占叔補充，「但餡餅是用來扔在你們臉上的，而且次數頻密。啊，順便一提，有誰對泥土過敏呢？」

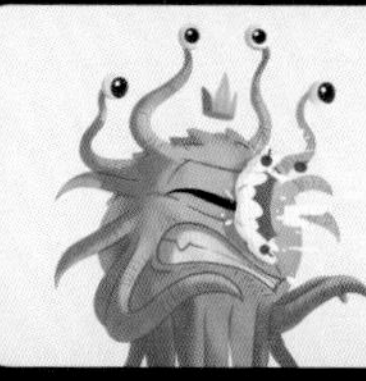

參加者想像自己被餡餅和泥土打在身上的情況……

有些參加者決定馬上乘火車回到遊戲中轉站。

沒多久，只剩下幾個有潛質的壞人留下來面試。

「占叔，你的開場白確實很……很……勵志。希望破壞王和雲妮露的運氣較好，能在我們找到代替者之前，先找到方向盤。」

　　這時候，破壞王發現雲妮露在 Instagram 裏盯着一面牆，牆上貼滿了她遊戲的快照。

　　「看看這些照片！」雲妮露説，「它們都是我的支持者拍下的！」她四處張望。「我必須想辦法，讓他們知道我們會把《甜蜜大冒險》修好！」

這次，輪到破壞王提醒雲妮露時間無多了。

「如果你可以幫我，就可以快一點。」雲妮露説。

「你知道怎樣做會更好嗎？就是找到方向盤，真正地把遊戲修好。」破壞王回答。

我們到了嗎？
忘
的

可是，破壞王和雲妮露走出博物館，卻發現他們根本不認得路，他們只好一直往前走。「我們又回到原點了。」破壞王說，「我們迷路了！」

他開始懷疑被弄壞的方向盤是無法修理的，但就在那一刻，他們聽見清脆的聲音。

「吱吱！」

他們轉身看見一棵大樹，上面都是藍色的小鳥。「我們可以爬到樹上看清楚。只要爬到樹頂，就可以看見整個互聯網世界……然後找到 eBay。」雲妮露說。

以破壞王的體形，爬起樹來很輕鬆。不過，當他爬到較高處時，他花了一些時間來閱讀藍鳥所發出的其中一則信息。

「喂！」他說，「你這隻小鳥！快收回你的話！」

「破壞王，發信息的不是那些小鳥，而是他們的用户。」雲妮露解釋，「更何況，棍、石可以傷害我，但這些閒言閒語傷害不到我的，是不是？」

「是呀！」破壞王同意，「但這裏怎麼找到石頭呢？」

破壞王和雲妮露繼續爬樹的同時……

好人大廈的選拔正在緩慢地進行。

「我要搞破壞。」酸 BB 用單調的聲音說。

「很好！」阿修鼓勵他說，「這次試試大聲地說。」

「我已經很大聲了。」酸 BB 說。

「不，不，不！」占叔打斷他的話，「你要很認真地說：『我要搞破壞！』」

占叔沒想到大家居然開始鼓掌了。

下一個測試，參加者必須把磚頭打碎。他們多番嘗試，但只有少數參加者能成功。占叔感到很失望，因此再次示範正確的做法。

「啊！」占叔大喊一聲，把磚頭打碎成粉末。

「現在讓我來示範如何被餡餅打在臉上。」占叔說。為了讓參加者知道他們應該怎樣做，他先作出示範。

瑪麗咯咯地笑着把餡餅扔出去。

不過，當輪到酸 BB 時，這顆糖果卻不停地滾來滾去！

最後是泥漿測試。占叔向上一跳，然後跳進一堆爛泥的中央，頓時泥漿四濺。

占叔是唯一熱心地完成各項測試的人，但他根本沒有打算擔當反派的角色。

雲妮露和破壞王的情況也不太好。雖然他們已差不多爬到樹頂，但雲妮露仍然找不到 eBay，而破壞王也遇到一些麻煩。

「什麼？」破壞王一邊說，一邊向另一隻小鳥揮着拳頭。

「你說我的壞話，都會反彈到你的身上……」破壞王繼續說。

他的話還未說完，雲妮露卻注意到其中一隻小鳥的信息。「我們只剩下五分鐘去購買方向盤！」她大叫。

破壞王和雲妮露從樹上爬下來後，有一個重要的發現。「資訊高速公路又開始動了！」雲妮露說。

他們連忙向着運輸器跑過去。「高速公路在動，我們也在動，所有東西都在動。」破壞王喘着氣說。

互聯網的時間一點一滴地過去，壞人的選拔也結束了，好人大廈一片凌亂。

阿修環顧四周，只看到一羣筋疲力盡的參加者、一堆磚頭、爛泥和忌廉。儘管參加者都很努力，但這次的選拔始終沒有一個明確的勝出者。

在阿修和卡爾安隊長居住的大廈裏，阿修和占叔最後一次審閱參加者的申請表。

「他們都很好，各有各的優點。」阿修説。

「不，阿修，他們都不好。可怕！糟糕極了！」占叔説。

阿修知道占叔説得對：絕對沒有人能夠取代破壞王。

就在他們感到白費心機的時候，阿修忽然靈機一觸。

「啊！為什麼我之前沒發現呢？占叔，快跟我來！」

他帶占叔來到垃圾堆，然後在破壞王的磚頭堆中挑選了一塊出來。

「你之前沒發現什麼呢？」占叔問，「你找到了適合的人選嗎？」

「是的，占叔，我找到了。」阿修把一塊完整的磚頭遞給他，「那個人就是你！不過，你只需要擔任這個角色，直至破壞王回來。」

占叔接過磚頭時，有點猶疑。他不知道應該生氣，還是應該感到榮幸。

THE DAILY
BOAST

這時，在互聯網世界裏，運輸器把破壞王和雲妮露運載到一個繁忙的廣場。破壞王還是忍不住東張西望，他未看完一個彈出式廣告，另一個廣告又出現了。

「大塊頭，你知道嗎？」雲妮露說，「在互聯網世界是很容易迷路的，但只要我們在一起，一定能到達我們想去的地方。」

破壞王點頭。「你看，前面不就是 eBoy 嗎？」

雲妮露太興奮了，她沒有糾正破壞王，而是跟他互相擊拳。「我們還來得及拯救《甜蜜大冒險》嗎？」

破壞王點頭，說：「只要有方向盤，一切就有解決的方法。」